끓인 콩의 도시에서

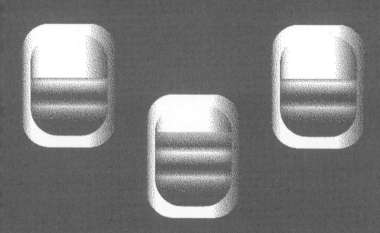

끓인 콩의 도시에서

한유주 글×오혜진 그림

미메시스

차례

벵갈루루 공항에 도착했을 때는 아직 오전의 햇빛이 남아 있었다. 비행기가 지면에 닿을 때의 충격으로 잠에서 깨어났다. 꿈이 빠르게 희미해지고 있었다. 앞 좌석 포켓에 넣어 두었던 책을 잊지 않고 꺼냈다. 『자살에 관한 노트』였다. 자이푸르에서 벵갈루루까지 세 시간 남짓 비행하는 동안 읽으려던 책이었는데, 옆자리에 앉은 승객이 책 표지를 흘긋 보고는 불쾌한 표정을 지었기에 책장을 넘길 생각을 하지 않고 있었다. 여기저기서 안전벨트를 푸는 소리가 들려왔다. 책을 외투 주머니에 넣고 다른 승객들을 따라 자리에서 일어섰다.

수화물 벨트로 몰려든 사람들 틈바구니에서 비행기 안에서 사라져 버린 꿈의 한 장면이 떠올랐다. 어째서인지 나는 아일랜드에 있었다. 정체를 알 수 없는 퀴즈 대회에 출전했는데, 부상은 토탄이라고 했다. 꿈에 〈토탄의 추억〉이라는 제목을 붙여야겠다고 생각하는데 갑자기 경고음이 울리며 수화물 벨트가 돌아가기 시작했다. 경고음은 퀴즈 대회에서 들었던 버저 소리와 닮아 있었다. 토탄의 추억. 아무것도 제대로 말해 주지 않지만 단편 소설의 제목으로는 나쁘지 않겠다는 생각이 들었다. 게다가 나는 실제로 아일랜드에 가본 적이 있었고, 베케트의 소설도 몇 편이나마 읽어 본 적이 있었다. 이내 짐이 나왔다. 건물 밖으로 나오자 햇빛에 눈이 부셨다. 델리 공항에서는 어둠과 뒤섞인 안개가 어떻게든 형체를 보전하려는 유령처럼 가로등 주변을 떠도는 희끄무레한 풍경을 보았다. 해가 뜨더라도 사라지지 않을 것처럼 보이던 안개였다.

시내로 가기 위해 택시를 잡았다. 내가 아는 한 칸나다어로 적힌 도로 표지판들이 눈에 들어왔다. 배운 적 없는 언어이기에 도저히 읽을 수 없는 글자들이었지만 아마도 규정 속도를 준수하라거나 시내 중심가로 이르는 도로명 따위를 가리키고 있을 것이었다. 택시는 쾌적한 속도로 달렸다. 방갈로르에 처음 오셨습니까? 기사가 물었다. 네, 처음입니다. 그런데 방갈로르는 벵갈루루의 영어식 표기입니까? 전에 한차례 혼동을 겪은 적이 있는 내가 묻자 기사는 그렇다고 대답했다. 여기엔 무슨 일로 오셨습니까? 그의 질문에 나는 한동안 벵갈루루, 혹은 방갈로르에 온 이유를 어떻게 설명할지를 두고 생각에 잠겼다. 그러다 벵갈루루건 방갈로르건 둘 다 발음하기는 쉽지 않지만, 벵갈루루 쪽이 더 마음에 든다고 생각했다. 딱히 이유는 없었다. 내가 다녔던 대학의 운동장은 정문을 들어서자마자 오른편에 위치해 있었다. 그 운동장에는 지금은 철거된 계단식 스탠드가 있었고, 초록색 페인트로 커다랗게 〈조국 통일〉이라고 적혀 있었다. 나는 그 문구를 볼 때마다 일부를 지워 〈조금 동일〉로 만들고 싶다고 생각했다. 역시 딱히 이유는 없었다. 어쩌다 그 스탠드에서 친구들과 소주를 마시게 되었는데 주량을 몰랐던 탓에 30분도 지나기 전에 소주 한 병을 다 비워 버린 내가 해가 지기도 전에 속을 다 비

워 버려야 했던 일도 기억이 났다. 그렇게 희끄무레한 장면들이 지나가고 있는데 기사가 말을 걸었다. 손님? 나는 출장을 왔다고 대답했다. 거짓말이라고는 할 수 없었으나 사실이라고 할 수도 없었다. 방갈로르는 IT 산업으로 유명합니다. 기사가 말했다. 나는 고개를 끄덕이며 영국인들이 무더위를 피해 고지대에 세웠다는 인도 남부의 도로 풍경을 관찰했다. 차는 한동안 수월하게 달렸으나 시내가 가까워지자 교통 정체가 시작되었다. 어느덧 매연이 안개를 이루다시피 하고 있었다. 넓은 잎사귀를 매단 키 큰 나무들이 도로변에 늘어서 있었다. 차가 가다 서다를 반복하자 속이 울렁거렸다. 차창을 내렸지만 매연이 밀려들어 와 다시 올릴 수밖에 없었다. 온도를 낮출까요? 기사가 물었고 나는 동의했다. 시내에 진입했으니 이내 숙소에 도착할 것이었다. 벵갈루루 시내는 자이푸르와 사뭇 다른 모습이었다. 자이푸르가 까막눈인 사람에게 드넓은 미개발지와 터무니없이 아름답고 웅장한 궁전들이 드문드문 들어선 벌판처럼 보였다면 벵갈루루는 내가 익히 알아 온 대도시들과 많이 다르지 않았다. 조금 동일한 풍경이었다.

한동안 길을 헤매던 기사가 마침내 숙소 앞에 나를 내려 주었다. 앞으로 사흘간 일정은 하나뿐이었다. 체크인을 마치고 한가로운 기분으로 방에 들어서자 정체를 알 수 없는 불쾌한 냄새가 났다. 습기가 원인일 거라고 생각했다. 카펫에 역시 정체를 알 수 없는 커다란 얼룩이 있었다. 6층 방이었다. 벽 하나가 통째로 유리였으나 개폐가 가능한 창은 달려 있지 않았다. 서늘한 유리벽 앞에 서자 아래로 수영장이 보였다. 누군가 타일 바닥을 닦고 있었고 또 누군가가 물도 없는 수영장 옆 선 베드에 누워 책을 읽고 있었다. 넓은 잎사귀를 매단 키 큰 나무의 그림자가 독서자의 상반신에 그림자를 드리우고 있었다. 멀리서 경적 소리가 희미하게 들렸고 숙소 건물을 두른 울타리 뒤쪽 길위로 허연 구름 띠가 지나갔다. 매연이었다. 짐을 대강 풀어놓고 샤워를 마치자 샤워 부스 밖으로 물이 흘러나와 있었다. 유리문을 고정하는 장치의 마감이 엉성했다. 방 안의 냄새를 없애려고 에어컨을 틀었다. 하지만 바람의 세기가 조절되지 않았다. 에어컨을 끄면 냄새로 괴로웠고 다시켜면 오한이 들었다. 커피라도 한 잔 마시려고 생수병을

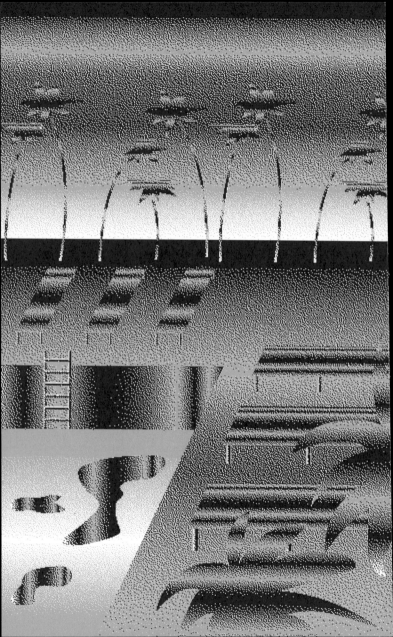

하나 열어 포트에 붓는데 전화벨이 울렸다. 한데 벨소리의 진원지는 침대 옆 테이블에 놓인 전화기가 아니라 화장실 변기 옆에 설치된 비상용 전화기였다. 서둘러 전화를 받으려다가 바닥에 생수병을 떨어뜨리고 말았다. 습한 냄새의 정체를 알 것도 같았다. 전화는 받자마자 끊어졌다.

다행히 침대는 널찍하고 편안했으며 이불은 두텁고 베개는 푹신했다. 오후 2시였다. 젖은 머리로 침대에 누워 『자살에 관한 노트』를 다시 읽기 시작했다. 두 문단 정도 읽었을까, 잠깐 눈을 붙인다는 것이 깜박 잠들고 말았다. 꿈속에서는 아무도 자살하지 않았다. 혹은 자살이라는 단어가 존재하지 않는 세계였다. 무언가가 빠졌다고, 무언가를 잃어버렸다고 생각하며 잠에서 깨어났다. 이미 어두워진 뒤였다. 시간을 확인하려고 휴대폰을 더듬어 찾았더니 카카오톡 알림이 서너 개 들어와 있었다. 없는 것들로만 구성된 꿈에서 깨어나자 7시 반이었다. 서사시적 낮잠이었다고 생각하며 침대에서 몸을 일으켰다. 머리는 여전히 젖어 있었다. 베개도 젖어 있었다. 바닥의 카펫도 젖어 있었다. 샤워 부스 밖으로 고인 물도 그대로였다. 허기가 느껴졌다. 이동 거리가 길었던 데다 점심을 걸렀으니 배가 고플 만도 했다. 자이푸르에서는 일주일 동안 서울에서 들고 온 컵라면과 커리만 먹고 지냈다. 숙소 밖은 황량한 벌판이나 다름없었으므로 별다른 선택지가 없었다. 구글맵을 실행하자 800미터 떨어진 곳에 해금강이라는 식당이 있었다. 해금강이 북한에 있는 강이던가, 생각하다 아일랜드에서 있었던 일이 떠올랐다. 도키라는 도시에서 문학 축제가 있었다. 나는 10여 년 전 탈북해서 남한에 살고 있는 작가와 같은 무대에 올랐다. 그리고 사회자의 진행에 따라 이런저런 이야기를 나누었다. 세션이 끝나고 작가들이 모인 자리에서 나는 끝없이 질문을 받았다. 하나같이 내가 남한 출신인지 북한 출신인지 묻는 질문이었다. 전에도 같은 질문을 이곳저곳에서 여러 번 들었던 적이 있었다. 하지만 내게 어떤 의미를 지닌 질문으로 다가온 것은 도키에서가 유일했다. 만찬장에서는 위스키와 포도주를 원 없이 마실 수 있었다. 해금강에 가서 술을 마셔야지, 나는 생각했다. 원 없이 마실 수야 없겠지만 반주를 들면서 토탄의 추억을 시작할 수 있을지도 모른다는 생각이 들었다.

간신히 툭툭이나 오토바이에 치이지 않고 800미터를 걸어 해금강에 도착했다. 2층의 식당으로 이어지는 계단 벽에 사진 몇 장이 붙어 있었다. 많이 본 풍경이었다. 텔레비전에서 본 북한의 모습인가 했는데 액자 아래 조그맣게 거제도라고 적혀 있었다. 그제야 해금강이 거제도에 있다는 것이 떠올랐다. 어째서 해금강과 북한이 자연스럽게 연결되었는지 알 수는 없었다. 계단참은 어두웠다. 식당에 들어서자 익숙한 냄새가 났다. 김치찌개 냄새였다. 김치찌개와 맥주를 주문했다. 한국 가요가 들렸다. 남인도의 식당에서 한국 가요를 들으며 도키를 배경으로 하는 토탄의 추억을 쓰겠다는 생각이 다소 우스꽝스럽게 여겨졌다. 하지만 무엇이든 써야 했다. 한 줄도 쓰지 못하는 날들이 계속되고 있었다. 한량이나 다름없이 며칠 보내게 되었으니 빈 시간을 이용해 무엇이든 써서 돌아가야 한다는 강박이 자이푸르에서부터 이어지고 있었다. 그러니 토탄이면 어떻고 추억이면 어떤가. 글을 쥐어짜 낼 수만 있다면 토탄이건 맥주잔이건 가루로 만들 수도 있었다. 나는 노트를 꺼내 테이블 위에 펼쳐 놓았다. 그리고 볼펜을 쥐고 억지로 문장을 짜내기 시작했다.

　　토탄의 추억. 그는 지난 10여 년간 줄기차게 술을 마셔 왔다. 보다 정확히 말하자면, 이 기간 동안 그가 술을 마시지 않았던 날은 고작 6일에 불과했다. 어쩌다 개에게 물렸고, 여름이었고, 적당히 상처가 아물 때까지 매일 병원에 가서 해당 부위가 덧나지 않도록 소독해야 했던 것이다. 엿새째 되던 날 더는 병원에 오지 않아도 좋다는 말을 듣자마자 그는 간호사에게 물었다. 〈그럼 오늘부터 술을 마셔도 되나요?〉 전에는 개에게 물린 환자를 한 번도 본 적이 없던 간호사는 어처구니없다는 표정으로 고개를 끄덕였다. 그는 병원 바로 아래층의 약국에 들르는 대신 편의점으로 직행해 술부터 샀다.

　　그러다 그는 아일랜드에 가게 되었다. 더블린에서 국제적인 문학 행사가 열리는데 거기 초청을 받았던 것이다. 그는 아일랜드의 위스키를 떠올렸다. 그는 제임슨이라는 아이리시 위스키 브랜드를 알고 있었다. 불확실한 정보에 따르면 베케트가 즐겨 마시던 술이었다. 그는 암스테르담을 경유해 더블린에 도착했다. 물론 암스테르담 공항에서 네덜란드 맥주 마시기를 빠뜨리지 않았다. 소형 여객기가 타맥 위에 내렸을 때는 해가 지고 있었다. 그를 제외한 승객들은 전부 백인들이었고, 전부 유럽 연합 시민권자로 보였다. 입국장에 들어서자 줄은 두 갈래로 나뉘었다. 길게 늘어선 줄은 유럽 연합국 거주자용이었고, 한 사람도 없다시피 한 줄은 비유럽 연합국 시민용이었다. 그는 누구보다도 먼저 입국 심사대 앞에 서게 되었다. 공무원이 딱딱한 표정으로 입국 의도를 물었다. 그는 자신이 작가이며 국제적인 문학 행사에 초청을 받았다고 말했다. 공무원이 그의 여권을 훑었다. 그는 이유 없이 긴장했다. 무슨 행사 말이죠? 공무원이 물었다. 그는 아까의 대답을 비슷하게 되풀이했다. 국제적인 문학 행사이며 저는 초청을 받았습니다. 그는 지난 10여 년간 자신의 직업을 작가라고 밝힌 적이 많지 않았다. 어쩌다 외국에 나갈 때는 직업란에 학생 또는 운동선수라고 기재했다. 처음부터 여행이 목적이었다고 할 것을, 그는 짧게 후회했다. 공무원이 귀국편 비행기 표를 요구했다. 그는 프린터로 출력해서 잘 접어 가방에 넣어 둔 비행기 표를 건넸다. 오, 암스테르담. 공무원은 이렇게 중얼거리고는 그의 여권을 건성으로 넘겨 빈 페이지에 스탬프를 찍었다. 스탬프가 찍힐 때의 작은 소리를 그는 술을 마셔도 좋다는 허가의 표시로 받아들였다. 그가 돌려받은 비행기 표를 다시 넣으려고 가방을 열었을 때 어지러운 가방 속에서 하얀 표지의 책 한 권이 눈에 띄었다. 『자살에 관한 노트』였다. 비행기에서 읽으려다 옆자리 승객의 호기심 어린 표정을 흘긋 보고는 포기했던 책이었다. 그는 책을 꺼내 품이 넉넉한 봄철 외투 주머니에 넣고 입국 심사대 앞을 빠져나왔다. 늦은 시간이었기 때문인지 수화물이 금방 나오기 시작했다. 그는 짐 가방을 찾자마자 안을 열어 비닐봉지로 감싼 플라스틱 위스키 병을 꺼냈다. 밖으로 나가면 차가 대기하고 있을 것이었다. 그 전에 한 모금이라도 술을 마셔야 했다. 언젠가 그는 혈액을 잉크로 대체하고 싶다고 생각한 적이 있었다. 철없고 낭만적인 생각이었다. 이제 그의 혈관 일부에는 언제나 알코올이 상주하고 있었다. 그는 위스키 몇 모금을 들이켜고 감탄사를 내뱉었다. 오, 암스테르담. 하지만 그는 더블린에 있었다.

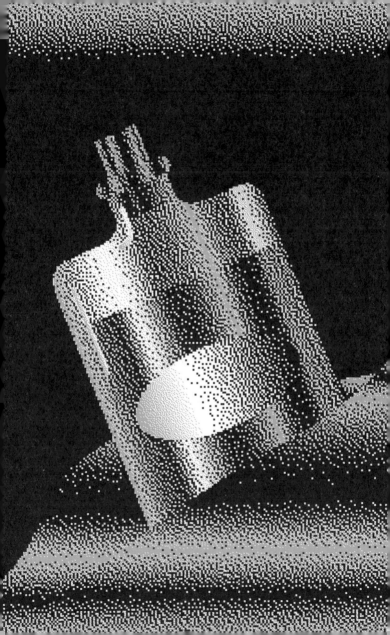

나는 실제로 도키에 간 적이 있었다. 더블린에도 간 적이 있었다. 더블린 공항에 대사관에서 보낸 차가 기다리고 있었다. 주아일랜드 대사관의 초청을 받아 관저에서 저녁 식사를 하기로 되어 있었다. 그 자리에는 나 말고도 여러 작가들이 있었다. 대부분 한국 작가들이었다. 언젠가 주불 한국 대사관에 전화를 걸어 비자 연장 방법을 문의했다가 대답 대신 문제를 일으키지 말고 어서 프랑스를 떠나라는 답변을 들은 일 정도만 있을 뿐, 대사관저는커녕 대사관에도 가본 일이 없는 나로서는 별세계에 진입한 기분이었다. 너그러운 인상의 대사가 어색한 표정들을 한 작가들을 맞이했다. 나와 다른 사람들은 식당으로 안내를 받았다. 소박한 식당에는 하얀 테이블보가 깔린 기다란 식탁이 놓여 있었다. 자리마다 각자의 명패와 그날 제공될 요리 이름이 적힌 카드가 놓여 있었다. 술잔은 두 종류였다. 적포도주와 백포도주를 마실 수 있을 거라는 생각이 들었지만, 둘 다 마신다고 하면 예의에 어긋나는 건 아닌지 궁금했다. 이런저런 이야기들이 오가기 시작했다. 대사는 제임스 조이스의 『더블린 사람들』을 대학 시절 읽었다고 했다. 마침 블룸스데이를 이틀 앞두고 있었다. 아일랜드인 직원이 적포도주를 마실 것인지 백포도주를 마실 것인지 물었다. 나는 망설이다 적포도주를 달라고 했다. 일반적으로 적포도주의 알코올 함량이 높기 때문이었다. 한 잔만 마셔야 한다면 기왕이면 알코올 도수가 높은 술을 마시고 싶었다. 전채 요리가 나오고 이어 스테이크가 나왔다. 나는 적포도주를 홀짝이며 두툼한 고기를 내려다보았다. 아일랜드에서는 품질 좋은 소고기를 비교적 값싸게 먹을 수 있다는 말이 들렸다. 나는 언제나 고기 자르는 일에 서툴렀다. 식탁보는 내 기준에서 지나치게 희었다. 백포도주를 마실 것 그랬다고 생각하며 나는 천천히 나이프를 들어 고기를 자르기 시작했다. 예상대로 고기가 마음대로 썰리지 않았다. 누군가가 모레 달키에 가야 한다고 말했다. 버니 샌더스도 참석하는 큰 행사라고 했다. 그러자 대사는 너털웃음을 지으며 달키는 영국식 발음이며 도키로 발음하는 것이 맞다고 정정했다. 도키라고 하면 아일랜드 사람들은 잘 알아듣지 못할 거라는 말도 덧붙였다. 나는 도키, 도키, 중얼거리며 다른 뜻을 지닌 도키라는 단어를 어디선

끓인 콩의 도시에서

가 들어 본 것 같다고 생각했다. 그러다 나이프를 쥔 손에 잘못 힘이 실렸고, 고기 조각이 한 뼘 정도 날아가 하얀 식탁보에 떨어졌다. 하얀 식탁보에 핏물이 번졌다. 김치찌개가 나왔다. 냄새가 그럴 듯했다. 나는 젓가락으로 밥알을 세며 다시 도키를 생각했다. 아무도 하얀 식탁보 위의 갈색과 붉은색의 고기 조각에 주목하지 않았다. 혹은 예의상 못 본 체하는 것인지도 몰랐다. 음식을 날라 오고 포도주를 따라 주는 아일랜드인 직원을 찾았으나 그는 하고 있던 일에 열중하고 있었다. 나는 고기 조각 치우기를 포기하고 꾸준히 포크와 나이프를 놀렸다. 아무리 잘라도 아무리 먹어도 고깃덩이가 줄어들지 않는 것처럼 보였다. 대신나는 포도주를 마셨다. 잔의 둥그스름한 아랫부분 모양대로 붉은색 포도주 얼룩이 하얀 식탁보에 남아 있었다. 그러다 대사 부인이 테이블 위에 어색하게 자리를 잡은 고기 조각을 발견했다. 나는 어색하게 미소를 지었다. 대사와 마찬가지로 온화한 인상이었던 부인은 우아한 동작으로 아일랜드인 직원을 불러 그것을 치우게 했다. 고기 조각은 치워졌지만 핏물은 남았다. 다른 작가들은 여전히 도키를 화제로 삼고 있었다. 보노와 밴 모리슨이 사는 동네라고 했다. 나는 제임스 조이스의 『율리시즈』를 여러 번 읽다 만 적이 있었다. 덜키가 아니라 도키라는 말을 듣자마자 자연스럽게 도키라고 발음하는 사람들이 신기하게 여겨졌다. 나를 제외한 모든 사람들이 『율리시즈』를 끝까지 읽었을까 봐, 그래서 그 책을 화제로 삼기 시작할까 봐 불안했다. 마침내 스테이크 접시가 치워졌다. 커피와 케이크가 나올 차례였다. 나는 안도했다.

하지만 화자에게 토탄의 추억을 어떻게 만들어 줄 수 있을까, 나는 김치찌개를 앞에 두고 생각에 잠겼다. 지난 십여 년 간 여러 도시를 돌아다녔고 몇몇 도시에서는 장기간 체류한 적도 있지만 딱히 추억이라고 할 만한 것은 남아 있지 않았다. 그러니 내가 토탄과 추억을 연결할 수 있을 리가 만무했다. 언젠가부터 나는 도시에서 특징을 찾지 않았다. 어느 도시에 가건 스타벅스부터 찾았다. 어딜 가나 똑같은 맛의 커피를 마실 수 있다는 것이 내게는 현대의 기적처럼 느껴졌다. 어딜 가나 직원들이 컵에 내 이름을 적을 때 늘 다르게 표기한다는 것도 마음에 들었다. 해

끓인 콩의 도시에서

금강에 다른 손님들이 들어왔다. 얼핏 보아 한국인 둘, 인도인 둘로 이루어진 무리였다. 겉모습만 보고 국적을 추측하는 것이 얼마나 온당하거나 얼마나 부당한 일인가를 생각하며 나는 수저를 놀렸다. 오, 암스테르담. 하지만 나는 더블린에 갈 때 프랑크푸르트를 경유했다. 대기 시간은 세 시간 남짓이었고 공조 시설의 도움을 받지 않을 수 있는 공간에서 신선한 공기를 마시며 담배를 피우기 위해 독일에 입국했다. 입국 절차는 터무니없을 정도로 간단했다. 나는 건물 출입구 옆에 마련된 흡연 부스에서 프랑크푸르트의 맑은 하늘을 올려다보며 10분 동안 담배를 두 대 피우고 다시 출국장으로 돌아갔다. 그러면서 배수아의 어느 소설에서 여권을 고의로 분실한 사람에 관한 이야기를 읽었던 때를 기억했다. 그때도 내 배낭에는 『자살에 관한 노트』가 들어 있었다. 어째서인지 그 책을 비행기 안에서만 읽어야 한다는 생각이 있었다. 하지만 매번 옆자리 승객의 눈초리에 신경을 썼다. 내게는 자살할 생각이 없었다. 『자살에 관한 노트』를 읽어야 한다는 생각이 있었고, 자살에 관한 글을 써야 했다. 둘 중 무엇이 먼저였는지는 몰랐다. 다만 몇 년 전 친구가 자살했고 어떤 방법으로도 온당한 애도를 할 수 없었으므로 친구 혹은 자살에 관한 글을 쓰겠다고 생각한 것은 분명했다. 『자살에 관한 노트』는 누군가의 추천으로 읽게 된 책이었다. 그런데 번역서가 없어 영어로 된 책을 샀기 때문에 읽는 속도가 평소보다 훨씬 느렸다. 게다가 한 문장씩 읽고 있으면 어서 책을 덮고 글을 쓰기 시작하고 싶어졌다. 그런데 책을 덮고 글을 쓰기 시작하면 한 줄도 쓸 수가 없었다. 혹은 쓰고 지우고 쓰고 지웠다. 나는 더블린 시내의 호텔에서 젖은 머리로 침대에 누워 『자살에 관한 노트』를 읽었다. 침대에 누워서 책을 읽을 때의 장점은 책을 덮고 글을 쓸 생각이 별로 나지 않는다는 것이고 단점은 그러다 잠들고 만다는 것이었다. 나는 그 책을 읽다 잠이 들었다. 다음 날 아침이 되어 조식을 먹고 호텔 밖으로 나가 담배를 피우고 있는데 길 건너편으로 제임스 조이스처럼 차려입은 사람이 지나갔다. 그날 오후에 영국에서 왔다는 작가와 담배를 피우다 제임스 조이스로 변장한 사람을 봤다고 말하자 그는 웃으면서 제임스 조이스로 분장한 사람을 봤을 거라고 말했다. 나는 고개를 끄덕이며 변장이나 분장을 해본 적이 있는지 생각했다. 식사를 마쳤다. 남은 맥주를 한입에 털어 넣고 자리에서 일어섰다. 밖은 완전히 어두워져 있었다. 한 줄도 쓰지 못한 노트를 챙기는데 입안이 썼다. 나는 해금강에서 나와 다시 800미터를 걸어 숙소로 돌아갔다. 숙소에서 멀지 않은 곳에 주류를 취급하는 작은 상점에서 킹피셔 네 캔을 샀다. 머리에 터번을 감아올린 주인에게 10루피 지폐를 잔뜩 내밀었더니 그는 나더러 연금술사냐고 물었다. 어쨌거나 내게는 지폐를 술로 바꿀 수 있는 연금술사적 능력이 있었다.

다음 날이 되었다. 억지로 눈을 뜨자 조식 시간이 지나 있었다. 이를 닦고 입안을 헹구는데 치약 거품에 피가 섞여 있었다. 화장실 바닥에는 전날 샤워 부스에서 흘러나온 물웅덩이가 반쯤 말라 있었다. 커피가 필요했다. 커피 포트에 물을 받아 끓이고 찻잔에 커피 가루를 부었다. 어제 쏟은 물로 생겨난 얼룩이 카펫에 남아 있었다. 베이지색과 진한 베이지색. 커피를 마시면서 언젠가 로마에 갔을 때 어느 카페에서 아메리카노를 달라고 하자 직원에게서 〈이탈리아는 아메리카노를 좋아하지 않습니다. 많은 커피를 마시고 싶습니까? 그렇다면 앞으로 ○○○을 주문하십시오〉라는 말을 들었던 것이 떠올랐다. 그가 가져다준 커피는 우유를 섞은 연한 것이었는데 그 이름은 카페라테나 카푸치노처럼 익숙한 것이 아니었다. 아무리 생각해도 ○○○이 무엇이었는지, 애초에 세 음절이기는 했는지 도무지 기억나지 않았다. 〈많은 커피〉라는 흥미로운 표현만 자꾸 생각이 났다. 맛과 색은 다르지만 어쨌거나 많은 커피를 마시며 유리벽 아래를 내려다보니 누군가가 타일 바닥을 닦고 있었고 또 누군가는 물도 없는 수영장 옆 선 베드에 누워 책을 읽고 있었다. 순간적으로 시간이 조금도 흐르지 않은 것일까 하는 생각이 들었지만 이 의혹은 이내 해소되었다. 누군지 모를 독서자는 수영복 차림이 아니었다.

다시 토탄의 추억. 〈나는 토탄을 보려고 여기에 왔습니다.〉 박물관 계단 위로 따스한 햇살이 쏟아지고 있었다.

이상 기온이 며칠째 계속되고 있었다. 톰에게 말하고 있는 사람은 운이 좋았다. 그는 자신의 이름이 박, 그러니까 공원이라고 말했다. 이름이 공원이라니, 이상하지만 오늘 같은 날씨에 어울리는 이름이라고 톰은 생각했다. 박의 이름만 이상한 것이 아니었다. 여기 와서 처음 보다니, 여행자의 입에서 토탄이라는 말을 들을 줄은 전혀 예상하지 못했다고 톰은 생각했다. 한 시간 전, 박은 기운차게 박물관 문을 열어젖히고 들어와 입장료 가격을 물었다. 국립 작가 박물관에서 일하는 톰은 각양각색의 여행자들을 보아 왔다. 그가 9.5유로라 적힌 조그만 안내판을 가리키자 박은 10유로 지폐를 내밀고 거스름돈과 입장권을 받았다. 톰은 박이 일본인일 거라고 생각했고 오디오 가이드를 사용하겠냐고 물었다. 박은 한국어 오디오 가이드가 있느냐고 물었고, 톰은 없다고 대답했다. 그러자 박은 애매한 표정으로 영어 오디오 가이드를 달라고 말했고, 톰은 아일랜드어 오디오 가이드는 어떻겠느냐고 물었다. 톰이 외국인 여행자들에게 종종 시도하는 농담이었다. 대부분의 외국인 여행자들은 아일랜드어가 존재한다는 것조차 모르고 있었

끓인 콩의 도시에서

다. 때로는 아일랜드어가 버젓이 존재한다는 사실을 인지하자마자 어째서인지 상처받은 표정을 짓는 사람들도 있었다. 박은 웃음을 터뜨리고는 한 번 시도해 보겠다고 대답했다. 톰은 영어 오디오 가이드를 내밀었다. 박이 받아 드는 순간, 미국에서 왔다는 부부 여행자들이 관람을 마치고 출구를 향해 걸어왔다. 톰은 그들에게 시험을 볼 준비가 되었느냐고 물었다. 미국인 부부는 웃음을 터뜨렸다. 화사한 토요일 오후였다. 블룸스데이를 하루 앞두고 있었다. 전례가 없는 날씨였다. 여느 때라면 관람객들의 방수 재킷에서 뚝뚝 떨어져 바닥을 축축하게 만드는 빗물을 닦아 내느라 분주했겠지만, 더블린의 작가 박물관은 며칠째 산뜻함을 유지하고 있었다. 톰이 미국인 부부에게 작별의 말을 던지는 사이, 박은 조이스와 베케트의 초상이 걸린 작은 방 안으로 사라졌다.

박물관을 둘러본 박이 입구와 출구를 겸한 안내 데스크로 다시 나왔을 때, 톰은 으레 하던 대로 시험을 치를 준비가 되었느냐고 물으려고 했다. 하지만 박은 불쑥 토탄 이야기를 꺼냈다. 〈토탄이라는 단어는 내게 한국어로도

영어로도 아무런 인상을 주지 않아요. 내가 어디서 토탄을 볼 수 있는지 당신은 아십니까?〉 톰은 박의 영어가 서툴다고 생각했다. 〈나는 그게 일종의 흙인지, 토지인지, 암석인지도 모르겠습니다.〉 저 서툰 영어로 토탄이니 토지니 하는 단어는 어떻게 아는 걸까, 톰은 생각했다. 〈하지만 내일은 떠나야 합니다. 어제까지는 도키에 있었습니다. 근처 바다가 아름다웠습니다. 살고 싶다고도 생각했습니다. 사람들이 말하길 이런 날씨는 이 도시에서 아주 드물고 희귀하다고 하던데, 정말 그렇습니까?〉 박이 말했다. 톰에게 갑작스러운 호기심이 일었다. 이 동양인 여행자는 어떻게 도키라는 지명을 알고 있을까? 그가 만난 대부분의 여행자들은 영국 사람들이 그러는 대로 달키라고 발음했다. 〈도키, 좋죠. 도키라는 곳은 어떻게 압니까?〉 박은 어깨를 으쓱했다. 〈가본 김에 토탄을 찾아보려고 했는데, 일정이 바빠 그러지 못했습니다.〉 톰은 토탄에 대해 생각했다. 그의 조부모는 몇 년 전까지 토탄을 난방용 연료로 사용했다. 〈당신의 나라에는 토탄이 없습니까?〉 톰이 물었다. 박은 생각에 잠긴 표정으로 대답했다. 〈글쎄요…… 책 속에

는 있겠지요.〉

　여기까지 쓰고 나는 커피를 마시러 나가야겠다고 생각했다. 숙소를 나서자마자 툭툭과 택시 기사들이 호객 행위를 해왔다. 방에서 나오기 전 구글 지도로 확인해 보니 가장 가까운 스타벅스가 1.2킬로미터 떨어진 곳에 있었다. 어차피 매연을 마셔야 한다면 1.2킬로미터를 걷는 것보다는 툭툭을 타고 가는 편이 나을 것 같았다. 비 사이로 막 가는 전략이었다. 내가 머뭇거리는 기색을 눈치 챈 툭툭 기사 한 명이 다가왔다. 자이푸르에서 남들보다 네 배 정도 많은 요금을 내고 다녔으므로 이번에는 제대로 된 흥정을 해보려고 시도했다. 하지만 내가 스타벅스가 위치한 길의 이름을 제대로 발음하지 못하는 사이, 그는 내 휴대폰에 나타난 지도를 흘긋 보고는 400루피를 불렀다. 과한 금액이었다. 해서 나는 200루피를 제시했다. 그러자 그는 더 이상 설전을 벌일 생각이 없다는 듯 흔쾌히 고개를 끄덕였다. 다시 한 번 실패한 협상이었다. 툭툭 좌석에는 역시 안전벨트 따위가 달려 있지 않았다. 내가 자리를 잡기도 전에 툭툭이 무시무시한 속도로 달려가기 시작했다. 차라리 눈을 감는 편이 나을 것 같았다. 운전기사가 내게 뭐라고 묻는 소리가 들렸다. 내가 잘 알아듣지 못하자 그는 전방을 주시해야 할 두 눈으로 자꾸만 나를 돌아보았다. 사우스? 노스? 남한과 북한 중 어디에서 왔냐고 묻는 것이었다. 앞을 봐요! 나는 사우스도 노스도 아닌 전방을 가리켰다. 그러자 그는 어깨를 으쓱하며 이렇게 말했다. 〈마이 잉글리시 이즈 베리 리틀 리틀.〉 나는 딱히 대꾸하지는 않았지만 속으로 내 영어도 매우 리틀, 리틀하다고 생각했다. 가림막 사이로 드러난 도로에는 곳곳에 무의미한 경적을 울리지 말라는 표지판이 서 있었지만 표지판 자체가 무의미해 보일 지경이었다. 사방에서 끝없이 경적이 울리고 있었다. 나는 누군가가 〈경적의 천재 푸네스〉라는 단편을 하나 쓸 수도 있겠다고 생각했다. 내가 탄 툭툭은 경적들에 무의미한 경적을 얹으며 실크 상점, 보석상, 커피숍, 옷 가게, 간이 스낵바, 신발 가게, 주류상 등과 어느 귀족의 저택처럼 보이는 학교 건물을 지나쳤다. 학교 건물 앞에서는 인부 두 사람이 정문 옆 석벽에 기다란 형태의 벽감을 만들고 있었다. 그 후 교차로에서 어느 보행자가 초록 불이 점멸하는 횡단보도를 건너려는 순간, 내가 탄 툭툭은 보란 듯이 신호를 위반하며 그의 오른발 앞을 아슬아슬하게 비껴 지나갔다. 보행자용과 차량용 신호등이 넉 대쯤 있었지만 차량이건 보행자건 아무도 신호를 지킬 생각인 것처럼 보이지 않았다. 진짜 혼돈을 보고 싶다면 바라나시에 가봐요, 하고 자이푸르에서 만났던 인도인 작가가 말했다. 마치 바라나시가 인도에 속하지 않는다는 것처럼 들리는 말투였다. 그렇다면 이 광경은 진짜 혼돈과는 거리가 있다는 뜻일까, 나는 생각했다. 바라나시에서는 망자들을 화장하는데, 자살한 경우와 어린아이가 죽은 경우 화장하지 않고 그냥 강물에 떠내려 보낸다고 했다. 내가 어디쯤 떠내려온 것인지 알고 싶었다. 좌석이 하도 흔들려 나는 감히 가방 속 핸드폰을 꺼내 지도 앱을 실행할 생각을 하지 못했다. 자칫하다가는 도로 저편으로 핸드폰이 날아가고 말 것 같았다. 언젠가부터 낯선 장소에서 핸드폰은 여권보다도 중요한 사물이 되었다. 여권은 고의로 분실할 수도 있겠지만 적어도 나라면 핸드폰을 고의로 잃어버릴 일은 만들지

끓인 콩의 도시에서

않고 싶었다. 애초부터 이 도시에 대해 지리적 감각이라고
는 없었지만 그래도 번화가처럼 보이는 곳이 눈에 들어왔
다. 얼추 1킬로미터쯤 온 것 같기도 했다. 다 왔나요? 내가
묻자 툭툭 기사는 나를 돌아보며 고개를 끄덕였다.

　나는 토탄의 추억을 마저 써야 했다. 사실 토탄은 무
작위로 선택된 단어였다. 나는 토탄을 본 적이 없었다. 혹
은, 본 적이 있을지도 모른다. 하지만 내가 본 것을 토탄
과 연결 지을 수는 없었을 것이었다. 그러다 아일랜드에
갔을 때, 나는 토탄의 추억이라는 제목을 떠올렸다. 아니
다. 꿈에서 아일랜드에 갔을 때 떠올린 제목이었다. 한 줄
도 쓸 수 없는 날이 계속되고 있었다. 친구가 자살한 뒤로
한 줄도 쓸 수 없는 날이 계속되고 있었다. 거짓말이다. 쓰
고 지우고 쓰고 지우는 날이 계속되었다. 가끔은 지운 것
보다 쓴 것이 많기도 했다. 하지만 엄밀히 말하면, 아니,
엄밀히 쓰자면, 아니, 엄밀하다는 단어를 쓸 수 없을 것 같
은데…….

톡톡 기사에게 500루피를 내밀자 그는 거스름돈이 없다고 했다. 노 체인지 머니. 나는 말없이 100루피 두 장을 내밀었고 그는 마지못한 표정으로 그것을 받았다. 나는 그 표정을 흥정의 실패로 받아들였고 잘못 이해한 것 같지는 않았다. 그 후 스타벅스로 들어가려는데 마담! 하고 외치는 소리가 들렸다. 무심코 돌아보니 한 남자가 나를 부르고 있었다. 내가 돌아보자 그는 출신 국가를 물었다. 한국에서 왔다고 대답하자 그가 말했다. 오, 좋은 나라입니다. 대체 좋은 나라란 어떤 나라일까, 내가 생각에 잠긴 사이 그는 자신이 택시 기사이며 좋은 차로 좋은 요금에 좋은 시장까지 태워 주겠다고 제안했다. 나는 고개를 흔들었다. 그러자 그는 자신의 차는 톡톡이 아니라 훨씬 좋은 차라고 말했다. 나는 커피를 마십니다. 내가 전 세계 공통의 스타벅스 간판을 가리키며 말하자 그는 이해할 수 없다는 표정으로 왜 스타벅스에서 비싼 커피를 마시려느냐고 물었다. 나는 최소한 두 가지 이유를 들 수 있었지만 나의 영어가 조그마해서 빠르게 포기했다. 그렇게 실랑이가 벌어지는 사이, 도통 나와 헤어질 생각이 없어 보이는 택시 기사의 어깨 너머로 책벌레라고 적힌 조그만 간판이 보였다. 나는 택시 기사에게 뭐라 작별의 말을 던지지도 못하고 그곳으로 빨려 가듯 들어갔다. 신간과 중고 서적이 나란히 진열된 진입로를 지나 안으로 들어서자 직원이 눈웃음으로 맞이했다. 긴 형광등 불빛 아래 긴 책장들이 늘어서 있었다. 책 한 권을 반드시 사야겠다고 생각했다. 언젠가부터 나는 책을 기념품처럼 생각해 오고 있는지도 몰랐다. 여행지에서 산 기념품은 집에 놓으면 장식품이 되었다. 무엇을 기념하고 무엇을 장식하나, 나는 여러 도시에서 사서 집에 방치하다시피 꽂아 둔 책들이 가끔 눈에 들어올 때마다 여행지에서의 한 장면을 떠올리고는 했다. 읽지 않은 책들이 태반이었다. 버리거나 누굴 주거나 갖다 팔라는 말을 여러 번 들었으면서도 그들의 조언을 따르지 않았다. 손길이 닿지 않은 책들 중에는 어떤 추억과도 멀어져 심지어는 기억에서도 사라지는 것들이 있었다. 내게는 책이란 많으면 많을수록 좋고 죄책감 없이 살수 있는 몇 되지 않는 사물들 중 하나라는 생각이 있었다. 언젠가부터 틀린 것으로 판명되는 중인 생각이었다. 나는 서가를 따라 천천히 이동했다. 정확한 분류 체계를 알 수 없었으나 대략 정치와 경제 섹션을 지나고 있는 것처럼 보였다. 흰색으로 칠해진 서가들 사이로 멀리 조그만 문 하나가 보였다. 토끼 굴일지도 몰라, 나는 생각했다. 저 문이 정말로 토끼 굴이라면 이 이야기도 새롭고 신선한 국면으로 접어들 수 있을지도 몰랐다. 나는 문으로 다가가 허리를 숙이고 손잡이를 돌렸다. 그러자 낭떠러지였다. 3미터쯤 아래로 2차선 도로가 지나가고 있었고 허연 매연이 띠를 이루어 떠다니고 있었다. 난간이 설치되어 있지 않아 자칫하다가는 추락하기 십상으로 보였다. 조심스레 고개를 내밀어 문 바로 아래로 이어지는 벽을 살피자 사다리를 설치했다 떼어 낸 흔적이 보였다. 용도는 알 수 없었으나 분명 토끼 굴은 아니었다. 애초에 진지하게 기대하지도 않았다. 나는 서가로 돌아와 문학 섹션을 찾아냈다. 그러다 낯익은 표지의 책을 발견했다. 『자살에 관한 노트』였다. 그 책을 사서 추억에 분탕질을 치고 싶은 마음이 들었으나 그러지 않았다. 대신 『신음하는 선반』을 샀다. 인도인 저자가 쓴 애서광에 관한 에세이로 보였다. 내 선반도

신음하고 있었으므로 둘 사이에서 조금 동일한 무엇을 발견할 수도 있을 것 같았다.

스타벅스에서 나왔다. 다시 한 번 흥정에 실패하고 싶지 않아 1.2킬로미터를 걷기로 했다. 이제껏 보아 온 온갖 교통수단들과 더불어 우마차 한 대가 도로를 점거하고 있었다. 책에서만 읽었던 풍경이 구체화되고 있었다. 신발 가게와 팬케이크 가게, 실크 상점과 기념품점, 골동품점, 아디다스와 나이키, 옷 가게 등이 늘어선 도로였다. 나는 호객해 오는 사람들에게 일일이 거절의 손짓을 보내며 좁은 보행자로를 따라 걷다가 친구 하나가 인도 천을 사다 달라고 했던 것이 기억이 나서 어느 옷 가게에 들어갔다. 단박에 내가 외국인이라는 것을 알아차린 상점 주인이 재빠르게 다가왔다. 무엇을 찾습니까? 그가 물었다. 아……천을 찾고 있는데요. 내가 대답했다. 그는 사방 벽을 두른 선반에서 재빠르게 비닐 포장된 천 뭉치들을 꺼냈다. 발걸음을 되돌리기에는 너무 늦어 있었다. 나는 그의 기세에 눌려 한발 뒤로 물러났다가 옷가지들이 한가득 걸린 행

거에 부딪혔다. 그가 비닐 포장을 연신 뜯으며 유리 진열장 위에 옷가지들을 늘어놓기 시작했다. 작지 않은 크기의 유리 진열장은 형형색색의 옷들로 뒤덮였다. 무슨 색을 좋아합니까? 그가 물었다. 나는 머뭇거렸다. 이건 마음에 안 들어요? 그가 묻더니 뒤쪽 선반에서 다시 비닐 포장된 천 뭉치들을 꺼내 한 번에 대여섯 개씩 포장을 뜯기 시작했다. 아까는 그렇게 늦지 않았었어, 나는 생각했다. 지금은 정말로 늦었어. 돌이킬 수 없는 거지. 딱 두 개만 고르는 거야. 나는 옷감을 보여 달라고 했다. 옷을 찾는 게 아니라고 했다. 그러자 그는 먼 쪽 선반으로 가서 다시 비닐 포장 뭉치를 한 아름 가져왔다. 등 뒤로 땀이 흐르고 있었다. 나는 다시 포장을 뜯으려는 그의 손길을 빠르게 제지하고 그 중 맨 위에 있던 옷감들 중에서 대충 세 뭉치를 골라 계산해 달라고 했다. 정찰 가격을 기대할 수는 없었고, 그가 제발 지나친 값을 부르지 않기를 빌 수밖에 없었다. 마침내 계산을 끝낸 그가 내 쪽으로 계산기를 들이밀었다. 4천 루피였다. 말도 안 되는 가격이라고 생각하며 나는 깎아 달라고 했다. 그러자 그는 이미 깎아 준 거라고 했다. 다른 직

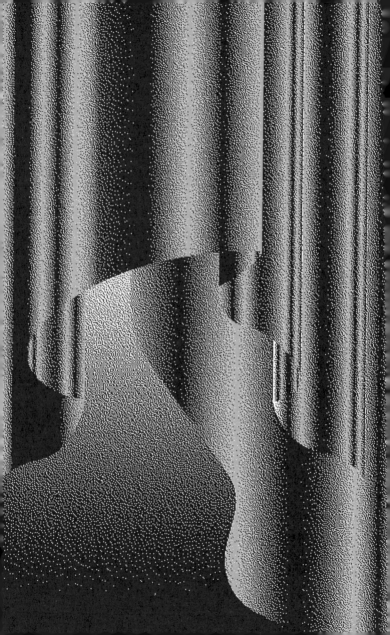

원이 다가와 다른 옷감을 더 보여 줄 수 있다고 말했다. 나는 다채로운 색상의 옷감 지옥에서 벗어나기 위해 값을 치렀다. 못해도 열 배는 바가지를 쓴 것 같다고 생각하며 상점을 나서는데 문간에 앉아있던 남자가 내게 물었다. 스카프? 파시미나?

귀족의 대저택처럼 보이는 학교 건물에서 교복 차림의 아이들이 쏟아져 나오고 있었다. 정문 옆 벽감은 얼추 완성되어 있었다. 그 안에 학교 이름을 새겨 넣으려는 것처럼 보였다. 방으로 돌아가서 뭔가 쓸 수 있을까, 나는 생각했다. 이미 마감 시한을 넘겨 버린 원고였다. 쓰다 지우고 쓰다 만 엉망진창인 원고가 더위와 매연과 피로와 낙담으로 곤죽이 되어 가고 있었다. 숙소 정문에서는 들어서려는 사람들을 대상으로 가방을 검사하고 있었다. 나는 엑스레이 검사대에 천 뭉치와 맥주 네 캔이 든 비닐봉지를 얹고 잠시 기다렸다. 요식 행위에 가까운 절차였다. 마침내 6층 방문 앞에 도착했을 때는 카드 키가 먹통이었다. 문 앞에 천 뭉치와 맥주 봉지를 놓아두고 다시 로비로 내려가려

끓인 콩의 도시에서

는데 주머니 속 휴대폰에서 문자 수신음이 울렸다. 나와 같은 에이전시 소속인 인도인 작가였다. 같이 저녁식사를 하자는 문자였다. 알겠노라고 답신을 보내면서 나는 나의 조그마한 영어로 몇 시간, 혹은 몇 분을 버틸 수 있을지 궁금했다.

그는 오후 6시에 내 숙소를 찾아왔다. 당신은 오늘 인도인처럼 보입니다. 그가 말했고 나는 고개를 끄덕이며 그에게 당신도 오늘 인도인처럼 보인다고 대답했다. 우리는 저녁을 먹으러 갔다. 해질 무렵의 방갈로르 시내 교통 상황을 보고 있노라니 지옥도가 눈앞에 펼쳐진 것 같았다. 우리가 탄 택시는 30분이 걸려 1킬로미터를 이동했다. 인간은 한 시간에 4킬로미터를 걸어갑니다. 내가 말했다. 이 상황은 참 부조리합니다. 그가 맞장구를 쳤다. 방갈로르에는 끓인 콩의 도시라는 의미가 있습니다. 그가 덧붙였다. 끓인 콩이라고요……? 내가 묻는 사이 택시가 어느 웅장한 건물 앞에 도착했다. 또 다른 궁전이라고 생각했지만 실은 백화점이었다. 이곳은 당신에게 서울을 생각나게 하지 않나요? 그가 물었고 나는 어느 정도 그렇다고 대답했다. 우리는 마침내 테이블을 사이에 두고 앉았다. 백화점 옥상에 위치한 싱가포르 음식점이었다. 이곳과 서울의 가장 큰 차이점은 건물을 설계할 때 난방을 고려하는가 하지 않는가라고 말하고 싶었지만 나의 영어가 조그마해서 아무 말도 하지 않았다. 그는 내게 다음 작업은 무엇이냐고 물었고, 나는 토탄의 추억에 대해 쓰고 싶다고 말하고 싶었지만 토탄에 해당하는 영어 단어를 알지 못해 대신 선반의 추억이라고 대답했다. 그는 흥미롭다는 표정을 지었다. 왜 하필이면 선반이죠? 그가 물었다. 나는 대답 대신 그날 오후에 책벌레에서 샀던 책을 가방에서 꺼내 테이블 위에 올려놓았다. 표지를 확인한 그가 환하게 웃었다. 이 책의 저자는 내 친구입니다. 그가 말했다. 그는 재빨리 휴대폰을 뒤적여 『신음하는 선반』의 저자와 함께 찍은 사진을 내게 보여 주었다. 아주 재미있는 책입니다. 어디까지 읽었나요? 정체불명의 습한 냄새가 가시지 않는 내 호텔 방에서 잠시 쉬는 동안 겨우 몇 페이지를 읽은 것이 전부였지만 나는 한 챕터를 읽었다고 대답했다. 서울에 있는 내 선

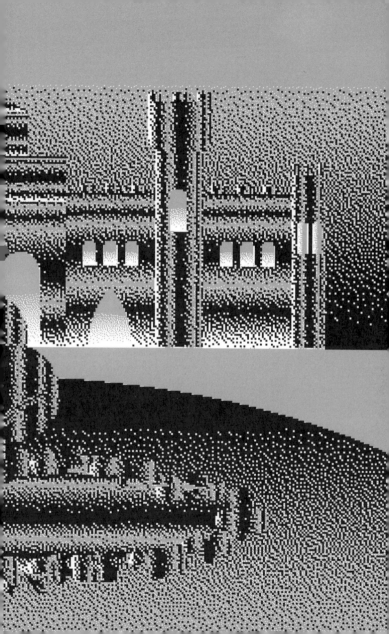

반도 신음하고 있습니다. 내가 말했다. 때로는 책으로 가득한 선반을 단열재로 사용하고 있는 것 같다는 기분이 들기도 하죠. 나는 이렇게 덧붙이면서 단열재 대신 난방이라는 단어를 사용했다. 그러면서 그는 내가 책을 땔감으로 사용하는 모양이라고 생각할지도 모르겠다고 생각했다. 나는 책으로 사방 둘러싸인 내 조그만 방을 떠올렸고, 토탄보다는 책이 한가득 꽂힌 선반 쪽이 추억과 더 어울릴지도 모르겠다고 생각했다. 여러 도시에서 사서 집에 방치하다시피 꽂아 둔 책들이 태반이었다. 『신음하는 선반』은 내 서가에서도 신음하게 될까, 나는 생각했다. 그는 내가 책을 들고 있는 사진을 찍어도 되겠느냐고 물었다. 친구인 저자에게 보내 주고 싶다는 것이었다. 나는 사진 찍는 것을 좋아하지 않는다고 말하려다 예의에 어긋날 것 같아 그만두었다. 어째서인지 인도인 저자에게 그의 책이 서울까지 이동하게 될 것이라는 점을 알려 주고 싶기도 했다. 시간이 지날수록 음악 소리가 높아졌다. 건너편 음식점에서 디제이가 현란한 손놀림으로 음악을 틀고 있었다. 나는 그에게 다음 작업으로 무엇을 쓰고 있느냐고 물었고, 그는 무어라고 대답했으나 나의 영어가 조그마하고 음악 소리가 너무 높아 제대로 알아듣지는 못했다.

다음 날 벵갈루루를 떠날 때, 나는 왜인지 모를 아쉬움을 느꼈다. 책벌레라는 서점에 한 번 더 들르고 싶기도 했고, 스타벅스에 한 번 더 가서 내 이름이 잘못 적힌 커피컵을 받아 들고 싶기도 했다. 호텔 방을 나서기 전 마지막으로 물을 끓여 커피를 마시면서 나는 유리벽 아래를 내려다보았다. 마침내 수영장 청소가 끝났는지 풀에 물이 채워져 있었다. 수영복 차림의 사람들이 이른 시간부터 물에 들어가 있었다. 책을 읽던 사람은 보이지 않았다. 전날의 독서자는 풀 속 사람들 중 하나인지도 몰랐다. 침대 위에는 내 소지품들이 흐트러져 있었다. 여권과 휴대폰을 챙기며 나는 둘 중 하나를 반드시 잃어버려야 한다면 그것은 여권이 되어야 할 것이라고 생각했다. 전날 나는 같은 질문을 인도인 작가에게도 했었다. 그는 여권을 잃어버리는 편이 낫겠다고 대답했고, 이유는 여권 쪽이 훨씬 값싸서라고 했다. 나는 그 답변이 마음에 들었다.

여권과 휴대폰, 지갑과 빈 노트와 『신음하는 선반』이 배낭에, 천 뭉치와 더러워진 옷가지들과 세면도구와 『자살에 관한 노트』가 캐리어에 들어갔다. 토탄의 추억은 뱅갈루루에 두고 갈 생각이었다. 쓰다 만 원고, 쓰다 지운 원고를 여기서 콩과 함께 끓도록 두고 가야지, 나는 생각했다. 전날 잠들기 전까지 『신음하는 선반』의 한 챕터를 끝까지 읽은 참이었다. 델리까지 가는 비행기 안에서 두 번째 챕터를 읽을 생각이었다. 숙소 정문에서 택시가 대기하고 있었다. 택시는 꽉 막힌 도로와 웅장한 경적과 매연을 뚫고 달려 40분 만에 나를 뱅갈루루 공항 국내선 터미널에 내려 주었다.

델리로 가는 비행기 안에서 나는 『신음하는 선반』의 두 번째 챕터를 읽었다. 옆자리 승객은 이륙하기도 전에 곯아떨어져 내 책에는 관심을 줄 수 없었다. 책을 읽는 동안 나는 토탄도 자살도 다음 원고도 생각하지 않았다. 그러다 나 역시 까무룩 잠들고 말았다. 깨어 보니 비행기는 델리 공항에 착륙하고 있었다. 짐을 찾으러 가기 전, 나는 세수를 하려고 화장실로 갔다. 수도꼭지를 돌리다가 부주의하게 옆구리에 끼고 있던 책이 하필이면 세면대 안으로 떨어졌다. 『신음하는 선반』이 물세례를 맞으며 신음하고 있었다. 재빨리 책을 건졌으나 일부가 이미 젖어 있었다. 청소용 도구를 정리하던 직원이 한심하다는 표정으로 나를 훑더니 말없이 내게서 책을 가져가 핸드 드라이어 아래로 가져갔다. 나는 그에게서 책을 돌려받으며 연신 고맙다고 했다. 그는 아무런 대꾸도 하지 않았다. 젖었던 부분은 그새 반쯤 말라 있었다. 수화물 벨트에서 짐을 찾아 국제선 청사로 가기 위해 건물을 나오니 한낮이었다. 후미진 곳에서 인부 한 사람이 카트에 기대어 서서 담배를 피우고 있었다. 나는 그에게로 다가가 담뱃불을 빌렸다. 그는 라이터 대신 성냥갑을 내밀었다. 담뱃불을 붙이고 그에게 고맙다는 말을 했으나 그는 아무 대꾸도 하지 않았다. 희뿌연 하늘이 낮게 걸려 있었다. 나는 항상 주머니가 큰 옷을 입고 싶다고 생각했다. 책을 넣어 다니기 위해서였다.

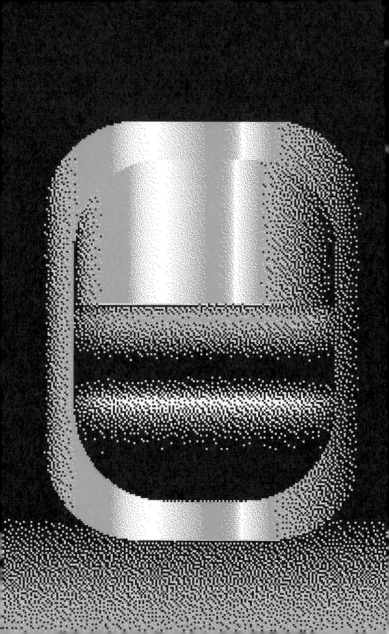

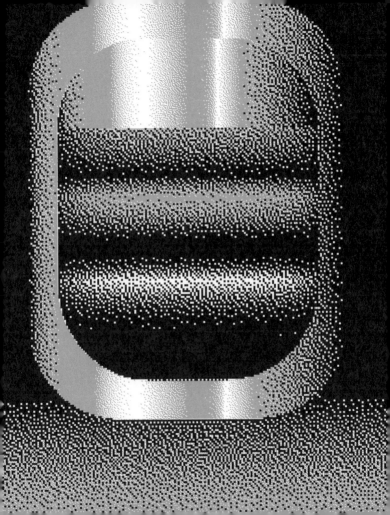

" 무용하게 보이는 것을
바라보게 하는 힘 "

한유주

「끓인 콩의 도시에서」는 어디서, 어떻게 시작되었나?

작년에 여행을 많이 다녔다. 책 관련 여행이었으므로 어느 정도 출장의 성격을 갖고 있었고 자유 시간이 많지 않았다. 관광이라기 보다는 이동의 성격이 강했다. 그러다 보니 많은 장소들이 머릿속 에 뒤죽박죽으로 저장되었다. 벵갈루루는 이 단편을 쓰기 직전에 다녀온 도시였다. 온갖 색들이 뒤죽박죽이면서도 기하학적으로 펼쳐지는 이상한 도시라고 생각했다. 그 경험을 글로 풀어 보고 싶었다.

작가 본인이 생각하는 이 이야기의 중심은 어디인가?

이야기에 전면적으로 부각되지는 않지만 어떤 신호를 눈치 채지 못하는 것, 혹은 신호의 의미를 오해하는 것, 그래서 벌어지는 일들이다. 그래서 공항은 중요한 장소가 된다. 신호(여기서는 게이트 번호나 편명 등)를 알아차리지 못하면 비행기를 놓치고 마니까.

어떤 장면이 가장 마음에 남는가?
델리 공항 화장실에서의 마지막 장면이다. 이는 실제로 있었던 일이기도 하다. 책이 물에 젖었는데 일하시던 분이 젖은 책을 핸드 드라이어로 말려 주었다. 인도와 관련해 가장 좋은 기억으로 남아 있다.

소설 속의 두 이야기가 다른 듯하면서 구분도 모호하다. 이야기의 형식에 대해 많이 생각하는 편인가?
때로는 형식이 의미를 만들기도 한다고 생각한다.

오혜진의 일러스트를 보고 본인이 생각했던 이미지와 어떻게 같고 어떻게 달랐나?

솔직히 말하자면 일러스트를 보고 깜짝 놀랐다. 일러스트레이션이나 그래픽에 대해서는 거의 아는 바가 없어서 애써 어떤 〈그림〉을 상상해 보지는 않았다. 그런데 내가 이런 일러스트를 상상했으며 그것이 그대로 구현된 느낌이었다. 이렇게 말하면 작가에게 실례가 되는 말인지도 모르겠다. 하지만 일러스트들이 또렷하게 나타나지 않고 자꾸 흐려지려고만 하는 화자의 풍경을 대단히 고유한 방식으로 재현하고 있는 것 같다.

그림 작품이 계기가 되거나 영감이 된 적이 있나?

미술에 대해서는 잘 모르는데, 가끔 미술관에 가기는 한다. 어디서 봤는지는 기억나지 않는데 리처드 디벤콘Richard Diebenkorn 이라는 화가의「케인 체어 아웃사이드Cane Chair Outside」라는 작품을 본 적이 있다. 그림자에 의해 반으로 나뉜 노란색 의자가 등장하는 그림인데, 의자의 색을 포착하기 위해 오랜 세월 노력하는 화가의 이야기를 써보고 싶다고 생각했다.

꼭 일해 보고 싶은 일러스트레이터나 화가가 있다면?

얼마 전 우연히 이케가미 요리유키イケガミ ヨリユキ라는 일본 일러

스트레이터를 알게 되었다. (그분은 날 전혀 모르시겠지만 우리는 서로 포켓몬고 친구이기도 하다.) 그림에 잠, 과일, 야채, 호랑이를 비롯한 동물들이 많이 등장하는데 가끔 그 안으로 들어가 같이 딸기를 베고 잠들고 싶다고 생각한다.

소설을 쓰는 것이 어떤 즐거움을 주는가?

어쨌든 소설 쓰기가 내게 배움의 기회를 제공하는 것 같다. 소설을 쓰려면 먼저 많이 읽어야 한다고 생각한다. 글을 쓰다 막히면 걷거나 자거나 다른 사람들이 쓴 소설을 읽는다. 언제든 우회할 수 있다는 것도 즐거움 중 하나다.

요즘 글쓰기에 대한 어떤 고민을 가지고 있는지?

형식과 내용을 일치시키는 것, 혹은 일치시키려고 할 때 발생하는 어색함이나 실패한 것처럼 보이는 요소들을 적절하게 다룰 수 있게 되는 것이다.

최근의 화두는?

지금 쓰고 있는 장편 소설이다. 시작한 지는 몇 년 됐는데 이런저런 이유들로 오래 손을 놓고 있었다. 다시 시작하려고 하는 중이다.

소설을 쓸 때 중요하게 생각하는 본인만의 원칙이 있다면?

미량의 유머를 구사하기.

소설에 확신이 들지 않을 땐 어떻게 하는가?

다시 쓴다. 실은 그래서 두 번째 장편을 아직도 쓰고 있는지도 모르겠다. 쓰고 지운 분량이 꽤 된다.

색다른 것을 해야 한다는 강박 관념은 없나?

나는 모든 것들이 조금씩 색다른 면을 갖고 있다고 생각한다. 그런 면에 대한 강박은 없지만, 잘 쓰고 싶다는 강박은 있다. 누구나 그럴 것 같다. 어쨌거나 잘 쓴다는 것이 정확히 뭔지 모르겠어서 문제다.

한유주에게 〈소설〉은 무엇인가?

한 문장으로 찰나의 순간을, 혹은 기나긴 시간을 담아낼 수 있는 장르라고 생각한다. 내게 소설은 시간이다.

작가 인터뷰

〈소설〉은 어떤 힘을 지니고 있다고 생각하는가?

한없이 무용하게 보이는 것들을 바라보게 만드는 힘.

좋아하는 단편 소설을 꼽는다면?

너무 많아서 꼽기가 어렵다. 최근 서너 번 다시 읽은 단편으로는 윌리엄 트레버William Trevor의 「테이블The Table」과 권여선의 「봄밤」이 있다. 특히 「봄밤」은 모든 사람들이 다 읽었으면 좋겠다.

어떤 이야기를 쓰고 싶나?

콜라주처럼 보이다가 모자이크처럼 나타나는 이야기.

이 책을 〈테이크아웃〉 한다면 어떤 공간과 시간으로 가져가고 싶은지?

벵갈루루의 서점 〈책벌레〉에 손님으로 들어가서 이 책을 눈에 띄지 않는 서가에 몰래 꽂아 두고 나오고 싶다.

" 명확한 풍경 없는 이야기,
  어긋나고 불분명한 그림 "

오혜진

「끓인 콩의 도시에서」를 읽고 가장 먼저 떠오른 이미지는?

여행과 일상의 경계가 무의미한, 어느 풍경에도 별 감흥과 감동을 느끼지 않는 심드렁한 외지인의 모습이 떠올랐다.

소설 속에서 인상적이거나 중심이라고 생각했던 장면이나 이미지는?

이 소설은 벵갈루루 공항에 내리는 것으로 시작해 벵갈루루 공항을 떠나는 것으로 끝난다. 우연히도 나 역시 한국이 아닌 곳에서 여행의 마지막 날, 다시 돌아가야 하는 일상을 떠올리며 이 원고를 읽었다. 공항은 아쉬움과 기대감, 피곤함과 설렘 등 여러 감정이 교차하는 장소이다. 이러한 처음과 끝이 이 소설에서 중심을 이루는 장면이라고 생각했다.

비트맵 스타일로 전체 콘셉트를 정했다. 소설의 어떤 점에서 영감을 받았나?

현실과 꿈, 추억, 기억, 쓰고자 하는 소설 이야기 등등이 모두 혼재되어 어떤 명확한 풍경이 그려지는 게 아니었다. 그래서 그림 역시 디테일하고 명확하게 표현되는 것보다는 어쩐지 어긋난 느낌, 불분명한 질감으로 그려지면 좋겠다고 생각했다.

직접 만든 콘텐츠로 독립 출판물을 제작하는 것으로도 알려져 있는데, 소설가의 이야기를 기반으로 작업하는 것은 그와 어떻게 달랐나?

이미 짜인 플롯 안에서 그림을 통해 어떻게 새로운 맥락을 만들어 낼지 고민하는 게 재미있었다. 구현하지 않았지만 생각했던 아이디어 중에는 주인공이 회상하는 장소의 풍경만 골라 그리면 어떨까 하는 아이디어도 있었다. 소설 속에서는 눈앞에 벌어지는 풍경에 집중하기보다는 주인공의 생각에 따라 꼬리에 꼬리를 물며 묘

사된다는 느낌이 들었다. 가령 벵갈루루에 내려 택시를 타고 가다가 갑자기 다니던 대학의 운동장을 회상하고, 호텔 카펫의 얼룩을 보고 불현듯 이탈리아의 양 많은 커피를 추억하고. 그렇게 갑자기 튀어나오는 주인공의 기억과 관련된 장소만 그리면 어떨까 싶었다.

> 일러스트레이터이자 그래픽 디자이너이다. 작업물 또한 그 경계선에 놓여 있음이 느껴져 매력적이다. 오혜진에게 있어 두 분야는 어떻게 같고 어떻게 다르게 느껴지는가?

일러스트레이션 작업을 종종하긴 하지만 보통은 직접 디자인할 때 이미지가 필요해서 그리게 되는 경우가 많다. 두 직업은 매우 다르다. 나는 일러스트레이터는 아니다. 스스로를 그래픽 디자이너라고 생각한다. 일러스트레이터는 그림 한 장만으로도 메시지를 담아 승부를 볼 수 있는 사람이라고 생각한다. 그에 반해 나는 그림 한 장만으로도 메시지를 전달하는 것에 승부를 거는 것보다는 완성되는 전체 디자인 결과물 안에서 그림이 이미지로서 어떻게 기능하는가를 생각하며 그린다. 또한 디자인 과정에서 일러스트레이션이 어떻게 담기느냐에 따라 최종적으로 일러스트레이션이 보이는 인상이 많이 달라지기 때문에 사실 소스를 제공하는 차원의 일러스트레이션 작업은 별로 좋아하지 않는다. 그렇기에 또한 반대로 말하면, 그래서 나 역시 다른 일러스트레이터들이 그린 그림을 사용해 디자인을 할 때 좋은 결과물을 만들어야겠다는 생각을 한다.

스타일에 대해서 더욱 고민하는 편인가?
딱히 고민한다기 보다는 몇 번 해본 방식은 금세 지루해져서 어쩌다 보니 여러 가지 방식을 계속 시도하게 되었다. 그리고 나는 프로젝트의 성격이나 방향에 맞는 이미지를 만들고자 하는 편이라 딱히 어떤 그림 스타일을 고집하거나 특정 스타일을 만들기 위해 고민하지는 않는다.

그림이나 디자인에 확신이 들지 않을 땐 어떻게 하는가?
그냥 계속 해본다.

요즘 관심을 두고 있는 주제나 생각이 있나?
최근에 일러스트레이션, 드로잉, 오브제 등과 같은 형태의 이미지를 직접 만들며 그래픽 디자인에 접근하는 그래픽 디자이너들을 인터뷰했다. 나 역시 그러한 접근법을 즐겨 하고, 기본적으로 스스로를 그래픽 디자이너라 규정한 이가 결과물에 필요한 이미지를 직접 생산할 때 그것은 때로 단순한 화면 구성의 보조적 기능을 넘어 해당 그래픽 디자이너의 강력한 도구, 방법, 아이덴티티가 되는 부분이 흥미롭게 느껴졌기 때문이다. 요즘 이러한 그래픽 디자인 형식에 대해 관심을 가지고 틈틈이 리서치 중이다.

색다른 것을 해야 한다는 강박 관념은 없나?
그런 것은 없다. 위에서도 언급했지만 오히려 몇 번 했던 방식은 금세 지겨워서 잘 안 하는 편이다. 그저 전에 해보지 않은 것이라면 무엇이든 시도해 보려고 한다.

어떤 종류의 개인 작업을 하는지?
의뢰받은 프로젝트에서 구현하기 힘든 작업을 해보려 하는 편이다. 예를 들어 가독성 나쁜 책이라던지, 제작이 복잡한 인쇄물이라던지.

그림의 아이디어는 어디서 어떻게 나오는가?

앞서 말했듯 나는 그림을 그릴 때 최종 결과물 내에서 이미지가 어떻게 작동하느냐를 가장 염두에 두고 작업에 임하기 때문에 주어진 주제와 상황에서 힌트를 얻고 그것에 가장 적합한 형식을 찾는다. 형식을 정한 뒤에는 구체적으로 어떤 레이아웃으로 어떤 사물을 그릴지 결정하는 편이다. 아무런 주제나 형식 없이 자유롭게 그리는 것은 잘 안 한다.

컴퓨터 툴 외에 주로 사용하는 도구가 있나? 작업 방식이 궁금하다.

오직 컴퓨터 툴만 쓴다. 사실 애초에 스케치조차도 잘 안 한다. 바로 마우스를 들고 작업을 시작한다.

그리기 또는 디자인 과정에서 중요하게 여기는 것은?

아름다운 게 제일 중요하다고 생각한다. 특히 책이나 포스터 등과 같이 실제 인쇄물로 무언가를 구현할 때 아무리 좋은 의미가 있어도 아름답지 않으면 그냥 이 세상에 쓰레기만 더 배출한 기분이다.

문학 작품을 읽으면서도 영감을 얻는지 궁금하다. 최근에 어떤 작품을 읽었는가.

최근 에리크 오르세나Érik Orsenna의 『두 해 여름Duex etes』을 재미있게 읽었다. 매우 심플한 주제를 가지고 다양한 등장인물과 포지션을 등장시키며 풍부하게 이야기를 이끌어 간 게 재미있었다. 어떤 것이든 주제는 단순하나 그것을 보여 주는 방식이 다양하게 드러날 때 흥미를 이끄는 것 같다.

같이 일해 보고 싶은 문인이 있다면?

김애란 소설가. 대학 시절 김애란 소설가의 강연을 들은 적이 있었는데 무척 인상적이었다. 주제는 농담이었고 두 시간 동안 아무런 슬라이드 화면 없이 그저 말만 했는데 전혀 지루하지도 않고 그녀의 말에 푹 빠졌었다. 너무 신기한 경험이었다.

그림을 그릴 수 없는 상황이 닥친다면 어떤 식으로 〈그림〉에 대한 욕구를 표현하겠는가?

그렇다면 이미 존재하는 남들이 그린 아름다운 그림을 보면 될 것 같다.

한유주

대학에서 독문학을 공부했다. 2003년 단편 소설 「달로」로 『문학과사회』의 신인문학상을 수상하며 등단했다. 2009년 한국일보 문학상, 2015년 김현문학패를 수상했다. 지은 책으로는 장편 소설 『불가능한 동화』와 단편집 『나의 왼손은 왕, 오른손은 왕의 필경사』, 『얼음의 책』, 『달로』 등이 있다.

오혜진

홍익대학교 시각디자인학부를 졸업하고, 2014년부터 그래픽 디자인 스튜디오 오와이이(OYE)를 운영하고 있다. 리소 스텐실 인쇄 기법을 활용한 실험 워크숍 〈Magical Riso〉(Van Eyck, 2016, NL)에 참가한 바가 있으며, 이를 계기로 프린팅 테크닉을 모티브로 한 시각 연구를 시작하게 되었다. 〈fanfare inc. Tools〉, 〈Poster Show〉, 〈2018 서울 포커스: 행동을 위한 디자인〉 등 여러 전시에 참여했다.

TAKEOUT 14
끓인 콩의 도시에서

글 한유주 그림 오혜진 **발행인** 홍유진 **발행처** 미메시스
주소 경기도 파주시 문발로 314 파주출판도시
대표전화 031-955-4400 **팩스** 031-955-4404
홈페이지 www.mimesisart.co.kr **email** info@mimesisart.co.kr

Copyright (C) 한유주, Illustration Copyright (C) 미메시스, 2018, Printed in Korea.
ISBN 979-11-5535-144-4 04810 979-11-5535-130-7 (세트)
발행일 2018년 10월 1일 초판 1쇄

이 도서의 국립중앙도서관 출판예정도서목록(CIP)은 서지정보유통지원시스템 홈페이지(http://seoji.nl.go.kr)와 국가자료공동목록시스템(http://www.nl.go.kr/kolisnet)에서 이용하실 수 있습니다.(CIP제어번호: CIP2018027538)

이 책은 실로 꿰매어 제본하는 전통적인 사철 방식으로 만들어졌습니다.
사철 방식으로 제본된 책은 오랫동안 보관해도 손상되지 않습니다.

테이크아웃은
단편 소설과 일러스트를 함께 소개하는
미메시스의 문학 시리즈입니다.

.
.
.